Diario del autobús de la línea 3

SOPA DE LIBROS

Juan Mari Montes

Diario del autobús de la línea 3

ANAYA

Ilustraciones de Irene Fra

Juan de Austria, 109

No recuerdo muy bien el día que comencé a escribir este diario del autobús de la línea 3. Sí recuerdo que fue uno de aquellos primeros días que mi madre, por fin, consideró que había crecido lo suficiente como para acercarme hasta la parada del autobús y dejarme solo frente a los grandes peligros de la vida.

También recuerdo que mi madre, más que despedirse de un mocoso de doce años, parecía que se estaba despidiendo de un soldado que partiese hacia cualquier frente para entregar su sangre por la salvaguarda de alguna patria. Por eso, mientras arrancaba el autobús, yo quise estar a la altura de las circunstancias y la saludé, solemne y marcial, alzando la mano hasta la frente mientras ella se deshacía en lágrimas al otro lado de la ventanilla.

Después de todo, ir solo al colegio en autobús también es una forma de marchar a una cruenta batalla contra los grandes enigmas de la humanidad, misterios como la función de la fotosíntesis, el sistema periódico de los elementos químicos, el valor de *pi,* la dinastía borbónica o esos desconocidos personajes que son los sintagmas, por poner solamente unos cuantos ejemplos que me intrigaban. Sí, despedirme ese día de mi madre fue una escena hermosa, como de película en blanco y negro, una escena a la altura de mi soñada emancipación de colegial despierto y valiente. El gesto no pasó desapercibido ni siquiera para el conductor, que, desde entonces, me apodó «el recluta de la línea 3».

También recuerdo que antes de escribir en este cuaderno que hoy transcribo, lo hacía en una ventanilla del autobús, tras aplicar sobre ella la disolución cálida de mi propio aliento. Ahí fui dejando para la posteridad algunas de mis primeras obras. Poco a poco, y a medida que fue avanzando el curso, mi inspiración comenzó a explayarse, a ensancharse, a engordar de tal manera que el soporte de cristal se quedó pequeño. Un día, abrí un cuaderno y empecé a escribir mis historias o las de alguno de mis compañeros de pupitre, ciertos acontecimientos de mi colegio, livianas apreciaciones sobre los viajeros del autobús, pensamientos propios y otros escritos desordenados de mi intelecto. Todo eso constituye este libro que se traen ustedes entre manos.

Hoy, releyendo estas historias, me doy cuenta no solo del increíble progreso caligráfico (algunos de los primeros capítulos eran directamente ilegibles y he tenido que reescribirlos con la ayuda de mi buena memoria), sino de lo mucho que he ido viviendo en este autobús que solo en media hora cruza la ciudad varias veces al día de norte a sur.

Espero que a ustedes, amigos lectores viajeros, les entretengan estas historias, mientras las leen, tal vez, desde el mismo asiento que yo ocupé alguna vez. Les deseo un muy feliz y entretenido viaje.

Una chica espera el autobús. Hay más gente, desde luego, incluso otras chicas esperan el autobús. Pero a mí solamente me importa esta chica que está esperando el autobús a mi derecha y a la que miro de reojo fingiendo indiferencia. Tiene una preciosa melena rubia, los ojos verdes y no es ni alta ni baja, ni gorda ni flaca. Lleva una camiseta azul, vaqueros y deportivas. Aparenta unos doce años.

Creo que me estoy empezando a enamorar de la chica que espera el autobús a mi derecha. Abraza contra el pecho un clasificador forrado con un póster de Guti, el lujo más preciado del Real Madrid. A la chica que espera el autobús a mi derecha le gusta el fútbol. El fútbol podría ser un buen tema de conversación si el azar o mi oportunismo hicieran que coincidiéramos allá arriba en el autobús, ocupando asientos contiguos. Le podría decir: «Perdona, ¿te gusta Guti? Qué casualidad, es mi jugador preferido. Lo tiene todo: visión de juego, excelente pase, buen desmarque, extraordinario regate. Incluso mete goles, a pesar de no jugar exactamente en punta. Por ponerle un defecto, tal vez no sea demasiado sacrificado en labores defensivas, pero ¿quién es perfecto?, ¿no te parece?».

La chica que espera el autobús a mi derecha busca algo en el bolso. Me gustaría saber qué lleva. Creo que podría llegar a conocerla muy íntimamente con tan solo saber qué guarda dentro. La chica de mis sueños que espera el autobús saca una bolsita de clínex del bolso, extrae uno y se suena la nariz. Luego, mira con nerviosismo el reloj.

Llega más gente a la parada. Una señora con dos bolsas de la compra, un ejecutivo repeinado y pasado de colonia, un muchacho con unos cascos y una camiseta de *Extremoduro*. La chica de mis sueños hace un globo con el chicle. Luego, se mira las zapatillas. Son blancas y están pulcramente limpias. De repente levanta la vista y, por un segundo, me mira. Me da vergüenza que haya descubierto que la observo y aparto enseguida la mirada en busca de excusa. Un chaval pasa en bicicleta por Palos de Moguer y al final de la calle aparece el autobús de la línea 3.

La gente que espera el autobús saca de su escondite el bono y se alinean, un poco atropelladamente, intentando mantener el orden de llegada. La chica de mis sueños me precede dos puestos en la fila. Cuando ya está subiendo las escalerillas del autobús, un tipo la llama: «¡eh, Clara!». Ella se baja de las escalerillas, diciéndole «creía que ya no vendrías». Luego, salta sobre él y se abrazan fuerte. Como cuando Guti acaba de marcar un golazo por toda la escuadra y hay fiesta en el Santiago Bernabeu.

Es entonces cuando me muero un poco de envidia. O de celos.

Juan de Austria, 50

Hay un tipo flaco y con un extraordinario bigote, retorcido en espiral, que ha subido al autobús atado a un pesado acordeón.

Se ha acomodado en uno de los asientos del fondo. Al llegar al primer semáforo, se incorpora y alza la voz: «Buenos días, soy un padre de familia y tengo ocho hijos menores de catorce años. Mi mujer y yo estamos en paro. No me gusta robar, ni drogarme, ni darme a la mala vida, señores. Les suplico humildemente una limosna. Dios se lo sabrá pagar».

El tipo comienza a tocar el acordeón, al que tiene pegado en la parte inferior un pequeño recipiente para recibir la voluntad. Empieza por una canción inadecuada y pasada de moda, a juicio de buena parte de los viajeros: «Los pajaritos». A mi lado, un niño de unos tres años, que acompaña a su madre en el viaje, comienza a dar palmas con gran alborozo. Un señor saca del bolsillo una moneda, la mira por la cara y la cruz y la deposita en el platillo del acordeonista. El acordeonista le hace una leve y elegantísima reverencia de agradecimiento sin dejar de tocar lo de pajaritos por aquí y pajaritos por allá.

A la altura de Juan de Austria, y cuando el acordeonista apenas ha cruzado tres filas de asientos, tropieza con un pie que, inoportuna y distraídamente, un viajero ha dejado en el pasillo del autobús, y cae hacia delante atizándose un terrible golpe con el propio acordeón. El anónimo músico ofrece un lamentable estado de semiinconsciencia. «¡Señor conductor!», grita una señora de abordo, «el acordeonista se acaba de matar». El conductor echa una ojeada por el espejo y sin dejar de conducir, contesta: «Me alegro. Se lo tiene bien merecido. Le tengo dicho que el autobús no es sitio para andar mendigando, que se fastidie.

»Además, ahora que no nos oye, les contaré a todos un secreto. No era ningún padre de familia en paro, ni siquiera tenía ocho hijos como ha dicho. Era tan solo un ganadero de reses bravas, aficionado a tocar el acordeón. Un solterón que se aburría en casa y le gustaba montar este numerito de vez en cuando. En realidad, ahí donde le ven estaba más que forrado de dinero».

«Oiga acaba de parpadear, yo creo que todavía está vivo», dice una chavalita con voz de presentadora de telediario vespertino. El mendigo pudiente se incorpora, sangrando abundantemente por la nariz y la pregunta que hace a la concurrencia no deja de ser sorprendente: «¿Se puede saber dónde puñetas estoy, si no es mucha molestia?».

Hoy, cuando hemos salido al recreo, había un unicornio, ahí, plantado en el patio, merendándose glotonamente los gladiolos y los geranios del jardín de la entrada, los mismos a los que con tanto mimo cuida, sulfata y hasta les entona boleros el señor bedel del colegio. Era un unicornio bastante chulo, un ejemplar varón y adulto, de color azul cielo, con las patas blancas y el cuerno en tonos violetas. Nada que ver con esos vulgares unicornios en blanco y negro que aparecen en las ilustraciones de los cuentos más clásicos y tradicionales de las estanterías de nuestra biblioteca.

Mi padre tiene un disco de un cantante cubano con una voz que recuerda ligeramente a las ovejas y que canta una canción en la que se lamenta que se le haya extraviado su unicornio azul. No hay pruebas, es cierto, pero ese unicornio que se le perdió al citado cantante (si no recuerdo mal, su nombre puede ser Silvio Rodríguez), se me ocurre que podría ser este que pasta a sus anchas en el jardín de nuestro colegio. Tal vez haya huido de

Cuba, seguramente como polizón en un trasatlántico, escapando de la penuria y la pobreza que acosa al país caribeño, según dicen todos los telediarios. Digo esto porque el unicornio azul llegaba con hambre, puesto que, una vez se hubo tragado los geranios y los gladiolos, ha seguido con un segundo plato compuesto básicamente de rosas y violetas.

Hemos hecho un círculo alrededor del unicornio para observarlo con detenimiento. Los más

pequeños se han colocado delante y los más altos atrás para que todos pudiéramos contemplarlo bien. Por mucho que digan las malas lenguas, hay raras ocasiones en las que en nuestro colegio reina la concordia y la armonía entre todo el alumnado. Sucede fundamentalmente ante el avistamiento de ovnis y otros extraños fenómenos de la naturaleza, y esta tarde también ha sucedido, de forma absolutamente espontánea, natural e imprevista, ante la contemplación del unicornio.

Aunque, ciertamente, quien más y quien menos había visto anteriormente algún pobre asno, pollo de corral, perro sarnoso, gato en celo, triste leopardo, aburrido elefante, pesado hipopótamo, discreta cigüeña o caprichoso avestruz, bien trotando por las tranquilas calles del pueblo del abuelo, haciendo ejercicios en el circo ferial, dormitando en el zoo municipal o finaditos acompañados de una buena salsa y guarnición en un plato, tan solo el fantasioso Jaime había tenido la oportunidad de contemplar hasta la fecha un unicornio, y eso nos tenía a los demás presos del asombro más absoluto, una admiración superlativa que nos hacía mantener la boca abierta ante el espectáculo.

Pero la verdad es que no todos hemos abierto la boca con la misma intensidad ante la aparición del unicornio. Los que menos la abrían eran los alumnos de Primaria, y los que más, los de los últimos cursos. Entre los alumnos de Primaria y los alumnos del último curso de la ESO había una graduación de apertura que iba de un centímetro escaso a los seis centímetros largos. Con todo, las bocas que hemos podido contemplar con más ángulo de apertura han sido las de nuestros profesores cuando han salido alertados ante el acontecimiento. Al descubrir el unicornio, sus bocas incrédulas y alucinadas se han abierto hasta lo imposible como ofrendas a un dentista imaginario, al mismo tiempo que sus ojos parecían desorbitárseles peligrosamente de las respectivas cuencas. Es como si no se creyesen lo que estaban viendo en realidad, una cosa inexplicable después de todos los cuentos que nos han estado largando durante tantos años con los dichosos unicornios como protagonistas omnipresentes.

Y ahí nos hemos quedado todos, un poco pasmaditos durante un par de horas, mirando cómo el unicornio despachaba hasta la última margarita.

18

Coco subió al autobús en la parada de H. Go-
yenechea, número 20, con una piruleta en la boca
y una caja de zapatos en las manos. La caja de zapatos tenía unos agujeritos en la parte superior y
en los laterales, así que seguramente dentro guar-
daba unos mocasines italianos.

—Chaval, ¿se puede saber qué llevas en esa
caja de zapatos? —preguntó una señora curiosa
del asiento contiguo al que Coco había elegido
para el trayecto.

—No, señora, no se puede saber —contestó
Coco con aire enigmático.

—¿No llevarás un ratón? —insistió la señora
con cara de asco.

—¿Cómo lo ha sabido? —le contestó Coco.

La señora se levantó del asiento contiguo al
de Coco para ocupar un asiento trece filas más
atrás. Coco ocupó entonces el asiento abandona-
do por la señora curiosa. Coco prefería siempre
los asientos de ventanilla. Desde los asientos con
ventanilla se puede mirar a la calle. Ver las caras

tan curiosas y extrañas que tienen los desconocidos que caminan por las aceras con la prisa laboriosa de las hormigas. Hay gente que tiene los ojos grandes como sapos, gente que tiene pelos en las orejas como los lobos, gente que tiene el cuello largo como las jirafas y gente que tiene la nariz tan desproporcionada como una trompa de elefante.

En la segunda parada de la Gran Vía subió una niña que ocupó el asiento contiguo al de Coco. Era una niña guapa que no tenía ojos de sapo, ni orejas de lobo, ni cuello de jirafa, ni nariz de elefante. Era increíblemente guapa.

—Oye, tú, qué llevas en esa caja —le preguntó a Coco en la primera curva.

—Llevo una cría de *coracias garrulus*.

—¿Coraqué...?

—*Coracias garrulus*.

—Y eso ¿qué es?

—Un pájaro. La gente lo conoce como carraca, pero a mí ese nombre no me gusta. Suena vulgar y sin misterio, y la coracia es un ave bien misteriosa e incluso algo sofisticada. Anida en las grietas de las paredes y en los troncos de los árboles. Come de todo, pero sobre todo insectos, moscas, escarabajos, saltamontes, orugas, ciempiés y hasta lindas mariposas. Pero las mariposas exclusivamente cuando tiene mucho apetito. En casos extremos, podríamos decir.

—¿Me lo dejas ver?

—No. Se podría escapar.

—¿Es bonito?

—Es precioso. Si lo vieras volar desde abajo te enamorarías de él porque parece un mosaico con diferentes tonos de azul.

—¡Me gustaría tanto verlo!

—Pues para ti. Te lo regalo. Solo por ser tan guapa.

20

MAESTRO SERRANO, 12

Sin dar detalles, puesto que no soy un vulgar chivato, les voy a contar una historia que le sucedió a un compañero de clase, para que la lean y se entretengan mientras se acercan a la parada de Joaquín Rodrigo.

Todo empezó porque el niño X había nacido así de goloso y de caprichoso. Un día se acercó al quiosco de Plaza de España, pidió una chocolatina (de esas de cincuenta céntimos que vienen recubiertas de una ligera capa de vainilla) y, a la hora de poner la moneda sobre el mostrador, en vez de hacerlo como un chico educado y honesto, salió zumbando en dirección al paseo de la Estación como un perro desobediente detrás de un gato retozón.

Entonces, el vendedor de chocolatinas abandonó a toda prisa su quiosco y echó a correr detrás del niño. Pero no acababa de atraparlo. Tenía las piernas bien largas el condenado niño X. «Ven acá, que te voy a dar yo a ti chocolatinas», le gritaba el quiosquero para animarse en la carrera, al mismo tiempo que iba peligrosamente perdiendo fuelle como los jugadores de la Unión Deportiva Salamanca cuando se acercaban a mitad de temporada.

Lo bueno que tiene el oficio de quiosquero es que tienen a su alcance cantidad de cómics, piruletas, cromos de futbolistas y fotografías de estrellas de cine ligeritas de ropa, pero lo malo que tiene el oficio de quiosquero es que al estar todo el día encerrado dentro de los escasos metros cuadrados donde trabaja, pierde agilidad en los músculos, engorda como un rinoceronte y, cuando llega la hora de ejercitarse en algún acontecimiento deportivo imprevisto como el de correr detrás de los niños gorrones que se llevan las chocolatinas sin abonar su importe, lo normal es que se asfixie.

Eso fue lo que le pasó a aquel quiosquero de Plaza de España. A la altura del número 76 del paseo de la Estación, le comenzó a faltar el aire y a ponerse muy colorado, y cuando llegó a la altura del número 89 del mismo paseo, cayó fatalmente asfixiado sobre la acera. Entonces los transeúntes empezaron a arremolinarse en torno al cuerpo tendido, y los más acostumbrados a asumir tareas de cierta responsabilidad comenzaron a gritar órdenes a diestro y siniestro: «por favor, llamen inmediatamente a una ambulancia», «dejen ustedes espacio para que pueda respirar», «¿alguno de ustedes es médico?», en fin, esas cosas que anuncian coronas de flores, sentidas condolencias y muchos pesares.

El niño que robó la chocolatina volvió sobre sus pasos, se sumó al corro de gente curiosa y asustada que rodeaba al quiosquero tirado en la acera. Dos señoras se preguntaban qué le habría podido pasar a aquel buen hombre, que permanecía tendido en la acera, con muy mal color en el semblante y la lengua fuera de la boca como si se le fuera a escapar en un momento dado. Entonces al niño X le comenzó a remorder la conciencia y a sentirse, ya no como un ladrón habitual de chocolatinas, sino como el más odioso de los asesinos. Muy pronto asomó aullando por la avenida una ambulancia, de donde bajaron dos tipos de bata blanca y cruz roja que tendieron al quiosquero precipitadamente en una camilla que subieron en la parte trasera de la ambulancia.

El niño que robó la chocolatina regresaba a casa cabizbajo, y, al doblar la última esquina, tuvo una arcada y vomitó la chocolatina sobre la acera, en un charquito espeso y acusador. Desde entonces nadie se explica muy bien el porqué, pero el niño X desprecia enormemente el chocolate, especialmente cuando está cubierto de una liviana capa de vainilla.

JOAQUÍN RODRIGO S/N

Intuyo que nadie me va a creer, pero ya va siendo hora de que les confiese que tengo una gorrita mágica bien guardada en un lugar secreto, y cuando me la pongo, me convierto inmediatamente en un ser invisible. Ocurre en un abrir y cerrar de ojos. Me estás viendo, pues ya no me ves más.

La gorrita es roja y azul, como los colores del Fútbol Club Barcelona. La habría preferido blanca, pues yo soy del Real Madrid, con diferencia el mejor equipo del mundo que ha existido y existirá, pero mi madre se empeñó en que el color blanco se mancha mucho más y, en el fondo, no le quito la razón, pues qué puedo saber yo sobre manchas rebeldes y centrifugados.

La gorrita mágica se la regalaron a mi madre con una promoción de magdalenas. El nombre de las magdalenas, si no les importa, prefiero conservarlo en secreto. De momento no me interesa que haya mucha gente invisible por la calle haciéndome la competencia. Si toda la gente pudiera convertirse, como yo, en un ser invisible, esta magia no tendría tanto encanto ni procuraría tanta admiración entre mis semejantes como la que tiene en la actualidad siendo exclusiva, personal e intransferible.

La primera vez que me convertí en un ser invisible acababa de ver una película en la televisión sobre un árabe que se convertía en invisible siempre que lo deseaba, sin necesidad de ponerse una gorrita mágica o cubrirse con otras prendas o dones especiales. Le bastaba simplemente con desearlo y chasquear los dedos. Esta facultad se la había concedido un genio que había salido volando de una lámpara como una mariposa en primavera.

Cuando acabó la película, mi madre me entregó la gorrita mágica y me dio dinero para ir a buscar una barra de pan. Yo cogí la gorra y el dinero, y cuando entré en el ascensor ya era prácticamente invisible. Aunque no del todo, porque las primeras veces me costaba un poco hacerme invisible y solamente desaparecían algunas partes de mi organismo, como las extremidades inferiores, el ojo izquierdo, ciertas vísceras interiores pertenecientes al aparato digestivo y gran parte del cuero cabelludo. Por eso María, la vecina del primero izquierda, que estaba fregando la escalera, me dio los buenos días y me dijo: «Miguelito, casi no te dejas ver el pelo».

Poco a poco me fui haciendo más invisible, y cuando llegué a la panadería era invisible en un noventa por ciento de mi anatomía. Como consecuencia de mi invisibilidad la panadera no me atendía y todas las señoras me empujaban y se colaban, demostrando muy poca educación por su parte. Tuve, por tanto, que gritar bastante para que la panadera me despachara de una vez y, cuando me atendió, me dijo: «perdona Miguelito, es que no te había visto». Naturalmente. Me hice cargo de la situación y no me quedó otro remedio que perdonarla.

Cuando regresé a casa con el pan, ya había vuelto mi padre del trabajo. Recuerdo que estaba viendo en la televisión un partido de vóley-playa femenino retransmitido en directo. Naturalmente, como yo todavía no me había quitado la gorra mágica, mi padre siguió obnubilado, mirando detenidamente las evoluciones de las jugadoras de la selección brasileña y ni me dio el beso de costumbre.

Avenida Reyes de España, 5

Había una manzana reineta desde hacia dos paradas que recorría el autobús de norte a sur, de babor a estribor, del último asiento de atrás hasta la misma altura del conductor.

Todos mirábamos rodar la manzana por el pasillo del autobús como si se tratase de una pelota de tenis en la final del Roland Garros. Las ventanillas del autobús habían perdido toda su antigua seducción. Ahora, la vida no andaba por las aceras de la ciudad, sino que subía y bajaba, según el viejo autobús ascendiera quejoso una cuesta o descendiera aliviado y a toda velocidad por la misma pendiente.

Los viajeros mirábamos cautivados la manzana, ya digo, como presos de un hechizo, pero también buscábamos con reproche y de reojo al causante de que aquella fruta anduviera extraviada, desangelada, descarriada, perdida por el suelo del autobús, sin otro destino que no fuera golpearse cruelmente contra el borde de los asientos como una bola de billar. El conductor tampoco perdía detalle del suceso, y más pendiente del retrovisor que de las calles de la ciudad o de la solicitud de paradas, también seguía la trayectoria de aquella manzana reineta que apareció de buen color, pero que ya comenzaba a exhibir algunos moratones por ambos hemisferios de su dulce anatomía.

Hasta llegó un momento en que solo importó el destino de aquella manzana, fugitiva de alguna bolsa de la compra. Los viajeros dejaban pasar sus paradas, pues no querían perderse el final de la historia. El conductor había olvidado hacia dónde debía conducir el autobús, y daba vueltas y más vueltas en la rotonda de la avenida Reyes de España.

Entonces, un tipo de barba sucia y torvo mirar se incorporó del asiento, recogió la manzana y le dio dos bocados antes de que nadie pudiera decir nada. Lo miramos con reproche, como a un Adán que acabara de cometer, por segunda vez, ese terrible pecado original que nos condena a ganarnos el pan con el sudor de la frente, a sufrir las más crueles enfermedades, a ser desterrados, en definitiva, de aquel paraíso terrenal con el que seguimos soñando cuando cada día cogemos el autobús de la línea 3.

PLAZA DEL MERCADO

A mi padre, que nunca tuvo mucha suerte en la vida, le acaba de tocar la lotería y se ha vuelto loco de remate.

Esto sucede porque la gente no sabe asimilar los dulces besos de la fortuna, igual que ocurre, por otra parte, con los amargos golpes del fracaso. En definitiva, por ahí anda celebrándolo con sus amigos, de bar en bar, bebiendo mucho más de la cuenta, sin saber que yo estoy aquí, más bien taciturno y pensativo, en el autobús de la línea 3, observando con cierta suspicacia las papeletas del número que cantaron con gran algarabía el otro día los mocosos del colegio de San Ildefonso, y que me he traído al *cole* para mostrárselas a mis compañeros de clase, que nunca han visto un número premiado de un importante sorteo nacional. Todo ocurrió en un momento. Mi padre escuchaba la radio y, de pronto, comenzó a dar saltos de alegría como si Raúl hubiera marcado un gol por la escuadra a un agonizante Barcelona. Luego, me dio el beso que me debía desde el martes de la semana pasada cuando traje a casa tres notables y ningún suspenso y, acto seguido, se puso a bailar con mi madre un *twist,* ritmo tonto y sin gracia, que se bailó allá por los años sesenta. La verdad es que fue bastante patético verlos enredarse con el cable de la lámpara del salón y tirarla a rodar haciéndose añicos. Por menos de eso, estoy seguro, que yo me hubiera ganado un guantazo que se habría escuchado en Albacete, por decir algún lugar de La Mancha al buen tuntún. Pero, en fin, el jefe es el jefe y donde hay patrón no manda marinero.

Aun así, reconozco que, en principio, yo también esbocé una sonrisa, aunque no sé exactamente si por lo divertido o lo ridículo de estas inéditas escenas familiares o, quizás, porque realmente acabábamos de ingresar en el gremio de los llamados nuevos ricos. El caso es que, poco a poco, y sobre todo cuando, en el transcurso de la comida, mi padre nos fue adelantando algunos de los planes que nos aguardaban con el nuevo estatus económico, comencé a ahogarme como si me hubieran colocado una pajarita al cuello para acudir al bautizo de mi hermana Sara. Mi padre nos anunció que al día siguiente comenzaría a buscar un piso como Dios manda en el centro de la ciudad.

He pedido algunos informes sobre las características de los pisos como Dios manda. Los pisos como Dios manda están muy alejados del barrio donde yo he nacido, de las calles por donde me gusta correr detrás de un balón, de las farolas que alguna vez hice añicos a pedradas. También están a muchos más kilómetros de mi colegio de los que sería de agradecer, y por lo tanto de mis mejores amigos. Dice mi compañero Jaime que los chavales de los pisos como Dios manda son un poco bobos y que frecuentemente nos miran a los que hemos crecido en las barriadas por encima del hombro, con cierto aire de superioridad. No sé, tal vez tenga razón o tal vez no. Lo que sí es rigurosamente cierto es que los chavales que viven en los pisos como Dios manda van a colegios que no pueden pagar los padres de mis amigos, visten feos uniformes y hablan con una entonación que, sinceramente, en mis oídos suena repipi.

He estado imaginándome cómo sería mi vida lejos de mi casa y de mis amigos. Cómo sería no tener que subir a este autobús que aprecio para venir al colegio, cómo sería jugar al fútbol sin tener un defensa central en el equipo como Sergio, cómo sería enamorarse sin tener delante la sonrisa de Marta. Después de mucho pensarlo, he decidido que es mejor olvidarnos del sorteo de la lotería, pues prefiero que volvamos a ser los pobres de antes.

Entonces, guárdenme el secreto. Que mi padre no sepa nunca que los boletos premiados, que desaparecieron un día del cajón de la cómoda, son esta lluvia de papelitos que alegremente voy arrojando ahora mismo por la ventana del autobús mientras nos acercamos a la Plaza de España.

32

Por primera vez en su vida, Teresa no había hecho los deberes y miraba sin ver las calles y avenidas de la ciudad desde la ventanilla del autobús, como si acabase de despedir para siempre a su mejor amiga, hubiera tenido por primera vez la menstruación o se acercase el fin del mundo.

Pero no era el fin del mundo, o, quizá, sí lo fuera. Teresa, la laboriosa y aplicada empollona de clase, el ejemplo para todos durante los cursos consecutivos de Educación Primaria, ayer no hizo más que el vago y se olvidó conscientemente de hacer los deberes. Estos deberes eran tan sencillos de resolver como comerse un helado de fresa. Una redacción sobre la Semana Santa y una regla de tres sin grandes complicaciones.

En realidad, lo que le sucedía a Teresa es que estaba un poco harta de ser la alumna perfecta. Cansada de ser el único dedo levantado ante la pregunta lanzada a la clase, aburrida de unas calificaciones poco emocionantes que nunca bajaban ni subían del sobresaliente. Por eso se moría por probar el sabor de la decepción y del fracaso escolar.

Obedeciendo a ese plan, Teresa se había pasado todo el fin de semana respondiendo pertinentemente ante el espejo a la pregunta de «¿y por qué no has hecho los deberes?», «¿has estado enferma, verdad que sí, Teresa?», «No, señor», respondería con descaro, «le repito que no he hecho los deberes porque no me ha salido de las narices. Así de sencillo».

El jolgorio de la clase sería sonado. Don José María comenzaría a adquirir un curioso color entre rojo y morado, y Teresa, por primera vez, sería castigada con tres días sin recreo. Entonces, sería otra vez un ejemplo para toda la clase. El ejemplo de la oveja descarriada.

El incidente de la niña más aplicada de la clase provocaría probablemente un motín a bordo y los chicos se subirían a los pupitres, rasgando sus cuadernos. En estos pensamientos iba sumida Teresa cuando llegó a su destino, y bajó del autobús totalmente pálida. «¿Niña te ocurre algo?, ¿te has mareado?», le preguntó el conductor; pero la muchacha guardó silencio y siguió caminando en dirección a la entrada del colegio.

Todo sucedió muy deprisa. El patio empezó a dar vueltas como un tiovivo, las acacias de la entrada, a girar vertiginosamente en torno a su cabeza, y las banderas del balcón comenzaron a mudar su color original y a volverse ligeramente oscuras. Finalmente, ante la mirada de la muchacha solamente quedó una mancha negra cubriéndolo todo.

Cuando Teresa despertó, lo primero que vio fue un hermoso ramo de rosas. Teresa cogió la tarjeta, decía: «Para que la chica más aplicada de la clase se ponga pronto bien. Don José María y todos los alumnos de 1º de la ESO».

MARÍA AUXILIADORA, 10

La niña de las trenzas y la falda marrón que me sonríe desde el asiento de allá enfrente es nada más y nada menos que Nuria Martín, alias La Cantautora, y verdaderamente tiene un talento sobrenatural para la prolífica y liberadora composición de ese arte menor que conocemos como canciones.

En efecto, esta muchacha se inventa canciones con la misma facilidad que un perezoso se inventa excusas para no levantarse de la cama, un nieto se inventa películas para que el abuelo le dé algo de dinero o como yo mismo me invento historietas para entretener una insulsa velada o para demorar el comienzo de mis deberes académicos. Cada persona, por lo que yo tengo observado hasta la fecha, tiene un talento natural para algún oficio o para el desempeño de una actividad, y hacia el objetivo encamina sus pasos resuelta y decidida.

A mí me parece que las canciones de Nuria están muy bien, con sus tres o cuatro estrofas, sus correspondientes puentes y su pegadizo estribillo. Por increíble que parezca, esta facultad, me ha confesado ella, la disfruta desde que apenas tenía dos años y medio. Es curioso porque en su familia, al parecer, no hay antecedentes artísticos y tanto su padre como su madre tienen una oreja bastante enfrente de la otra.

A La Cantautora le basta cualquier acontecimiento nimio o cotidiano para entrar en una especie de trance, que todos observamos con verdadero asombro, y retirarse espiritualmente del mundo. Este curioso estado de letargo lunático se conoce técnicamente como inspiración, según nos ha dicho el profesor de Lengua. El caso es que cuando se produce, La Cantautora corre presurosa en busca de un lápiz y en escasos minutos tiene en el papel una canción, casi siempre bastante meritoria y adecuada para ser convertida en el número uno de los 40 Principales.

A La Cantautora la persigue desde los cuatro años el director del coro parroquial para que se incorpore como voz principal a su coro de voces blancas y virginales, pero ella se escaquea como puede, alegando las excusas más peregrinas. A mí me ha confesado que, en realidad, las canciones litúrgicas le aburren soberanamente y que a ella lo que le gusta de verdad es la marcha de las radio fórmulas, los *hits* de discoteca, la música pop y el *rock and roll,* principalmente. Es natural, cada uno tiene sus gustos y sus preferencias, desde que el mundo es mundo y existen los colores, las devociones incomprendidas y las fobias inexplicables.

Es muy conveniente ser amigo de La Cantautora porque ella ha escrito una canción a cada compañero de clase, y según el grado de amistad o de enemistad que se tenga con ella, así de gratas o ingratas resultan luego sus canciones. La Cantautora sabe adular convenientemente a sus amigos más íntimos; pero suele ser poco misericordiosa, e incluso manifiestamente perversa, con sus enemigos o con la gente que le resulta antipática por cualquier razón, y que muy difícilmente se libran de sus versos burlones, en los que suele subrayar sus debilidades o defectos. A mí, que me tiene cierto aprecio, me ha dedicado una canción titulada: «Conocerte es un placer», que me hizo llorar la primera vez que la escuché, poniéndome en varios pasajes la carne de gallina. Sí, La Cantautora es bastante considerada conmigo, y yo, muy sentimental, aunque a veces les parezca a ustedes lo contrario.

La Cantautora es, sin embargo, un desastre académico, distraída en clase y cosechadora persistente de sucesivos suspensos, pero es que no todo el mundo nace perfecto, como ya he escrito alguna vez en este diario; cada uno tiene facilidad para una cosa en este mundo y no se le puede exigir ser brillante en todas las áreas de la vida. Eso también es una ley que no admite enmienda ni remiendo.

Pero yo pienso que, aunque La Cantautora encadene ceros en prácticamente todas las asignatu-

podemos inventarnos una historia, fantaseando con los verdaderos motivos de sus lágrimas. Este es un ejercicio fantástico que fomenta la imaginación de prácticamente la totalidad de las personas que viajan en este viejo autobús.

FEDERICO ANAYA, 64

El padre de mi mejor amigo de clase, que es Manu, resulta que bebe. Me refiero a que bebe mucho más de la cuenta, sin ninguna necesidad ni prescripción médica. Creo que es lo que más le gusta hacer en la vida, igual que a otros padres la pesca submarina, el teatro experimental o los desfiles de alta costura, por decir algunas de las aficiones más extravagantes que tienen los padres de unos colegas de clase. De todas formas, ahora Manu está contento, pues su padre lleva dos días sin oler el alcohol.

Durante los últimos meses, el padre de Manu ha estado chupando vino peleón de un *tetrabrick* apestoso, pero ha tenido etapas dedicadas a otras bebidas como el whisky, la ginebra o el ron. Manu lleva tiempo intentando quitarle esta devoción por la bebida porque al parecer causa una gran cantidad de problemas.

He observado que no todas las aficiones de la gente son sanas y recomendables. Creo que conviene tenerlo en cuenta a la hora de elegir.

Dice Manu que lo más grave que le ha causado la afición de su padre ha sido que hace un par de años su madre se marchó de casa. Por eso a veces se siente triste, y dividido entre dos casas, la de los abuelos maternos en el barrio de San José, donde vive con su madre, y la de su padre, que visita de vez en cuando, como ayer, y que sigue, como siempre, en el barrio Garrido. También, por esa dichosa afición, el padre de Manu perdió el trabajo. Era electricista en una empresa en Santa Marta, pero dejó de presentarse al trabajo, tal vez para tener más tiempo para beber y dormir a pierna suelta, que es su segunda afición, naturalmente muy ligada a la primera o principal. Un día le llamó su jefe, y le dijo que ya no era necesario que se presentara a trabajar, que tenía vacaciones indefinidas.

El padre de Manu le ha prometido mil veces, incluso a la madre de Manu, dejar la bebida, y que se apuntaría a un programa de desintoxicación para desentenderse de esa afición. Pero esta promesa la ha incumplido otras mil veces, para desilusión de Manu. Creo que hay aficiones y querencias que son muy difíciles de apartar de las personas, y una vez se han instalado en el corazón, llegan a manejarlas como auténticas marionetas.

Sin embargo, ya digo, desde antes de ayer, día de San José, y por una nueva promesa todavía firme, su padre no prueba el alcohol y se ha abierto una pequeña esperanza en el corazón de Manu porque, como es natural, él quiere con locura a su padre, y está empeñado en alejarlo de la bebida y de toda la mala vida que esta le está procurando.

Cuando el padre de Manu está borracho se pone a cantar zarzuela con una voz tremendamente desafinada y ostentosa, que más que encandilar a la gente, la asusta e incomoda. Los transeúntes que se cruzan con él acaban casi siempre tapándose los oídos, sin ningún miramiento por la herida que eso pueda suponer para la sensibilidad artística del padre de Manu, que naturalmente acaba derrumbando el ánimo ante tanta incomprensión hacia sus cualidades vocales. Él asegura con mucha convicción que en una vida anterior fue cantante de zarzuela, al que rendían honores en los escenarios más prestigiosos del mundo. Naturalmente, esto no se puede demostrar, pero tampoco lo contrario, así que yo aquí ni entro ni salgo a corroborar qué es verídico o irreal.

También me gustaría decir, para ser justo, que cuando el padre de Manu está sereno es una persona encantadora, que nos invita a merendar chocolate y se enrolla con nosotros a jugar a la *Playstation*. Ayer, por ejemplo, aunque no sé de dónde sacaría el dinero, nos invitó al cine y se vino con nosotros a merendar unas palomitas. Estuvimos viendo la segunda parte de *El Señor de los Anillos*, una fantástica película, eso sí, aliñada por los tremendos y sonoros ronquidos del padre de Manu.

AVENIDA DE LOS CEDROS, 6

Hoy vengo del *cole* con las gafas rotas de un guantazo que me ha dado Margarita casi sin venir a cuento. Margarita simplemente ha tenido un mal día, y yo estaba demasiado cerca y ciertamente desprevenido. Un consejo, por tanto: hay que tener mucho cuidadito con Margarita, la rubia mona de primero de la ESO, la hija de ese señor inglés que tiene un parche en el ojo y colecciona perros rabiosos y mariposas disecadas.

Margarita es delgada como el cuello de un cisne, guapa como una actriz de moda y cariñosa como una abuelita de cuento de hadas, pero también reparte unos galletones colosales en sus arrebatos de mal genio, que, por cierto, son continuos y un poco arbitrarios. Probablemente, Margarita sería capaz de tumbar a un buey de un puñetazo, aunque, en honor a la verdad, no podría asegurarles que esto esté comprobado empíricamente.

Lo que sí es seguro es que es mejor tener a Margarita como amiga que como enemiga. Eso lo sabe hasta Bordillo, que es con diferencia el más tonto de la clase. Para que Margarita no le diese mucho la lata y poder ocuparse de quitarle las pulgas a sus perros y correr detrás de las mariposas raras que sobrevuelan su jardín, el padre de Margarita la inscribió un día en un cursillo de artes marciales, no sé muy bien si de karate o de yudo o de ambas cosas. Nunca he sabido muy bien diferenciar estas dos grandes artes marciales importadas de oriente para que nosotros, los occidentales, solucionemos nuestros conflictos sin tantas gaitas y razonamientos, que, en buena parte de los casos, como está muy bien comprobado, no sirven más que para malgastar el tiempo y la saliva.

Margarita tiene un par de pendientes, un par de coletas y un par de incipientes pechos, como las demás niñas del *cole,* pero en lugar de jugar al baloncesto, intercambiar fotos de David Beckham o emocionarse escuchando los boleritos de Luis Miguel, se viene con nosotros de marcha a cazar lagartijas, a jugar al rugbi y a trepar a los chopos más altos en busca de nidos de jilguero o de ciruelas maduras. Nosotros vemos cómo Margarita le amputa el rabo a las lagartijas, nos lesiona con sus tremendos golpes y sus zancadillas y trepa con la facilidad de un chimpancé a las copas más altas de los árboles. Nosotros no podemos hacer otra cosa, solo abrir la boca con mucha admiración e incluso, en algunos casos, enamorarnos perdida y locamente de ella.

Probablemente quien más enamorado esté de Margarita sea Josemi, otro gafotas lleno de granos que escribe poemas raros y se inventa historias de dragones y princesas en los recreos. Pero lo cierto es que Josemi todavía no ha conseguido que Margarita se fije mucho en él.

Estaba pensando ahora mismo que, tal vez, Margarita lo que necesite al lado sea un tipo más fuerte y valiente, como yo, y no a un cursi y triste poeta con cara de no haber roto un plato en toda su vida como Josemi.

Quizás esta misma tarde le declare mi amor a Margarita. Ya veremos.

AVENIDA DE LOS CEDROS, 20

Ese chico, que acaba de colarse sin pagar en el autobús, eclipsándose detrás de la señora obesa del abrigo de visón, no es otro que Jaime López Ballesteros, todo un lince para los negocios y, sin embargo, un más que considerable desastre académico. Si he aprendido algo en mis doce años de vida, es que el éxito económico de las personas físicas no tiene nada que ver con su desarrollo intelectual, aunque esta teoría tendré que desarrollarla con más espacio y tranquilidad; tal vez, algún día, en un próximo diario. Pero regresemos a Jaime.

La particularidad de Jaime es que tiene un autógrafo de Ronaldiño. Bueno, no. En realidad, les estoy mintiendo. Jaime no tiene ningún autógrafo de Ronaldiño. Ni de Ronaldiño, ni de Ronaldo, ni de Casillas, ni siquiera de Etoo, ese delantero centro del Barça que una vez llegó del África pobre y oscura para cumplir sus sueños deslizándose por el césped de los estadios europeos como un lince entre la maleza. Pero sí que tiene, en una hoja de libreta recién plastificada, un garabato que yo mismo hice y que luego le cambié por la colección completa de cromos de la temporada 2002-2003, incluido el defensa de la Real Sociedad, Aranzábal, ese cromo que nunca aparece en ningún sobre aunque uno se liquide la paga de tres meses en el quiosco, tentando a la suerte. Mejor dicho, aunque uno se gaste incluso la paga extraordinaria de los abuelos paternos y maternos.

Jaime no tiene el autógrafo de Ronaldiño. A Jaime yo le conté una película de aventuras con ciertos aires de verosimilitud, una película que se tragó como un simple vasito de Cola Cao antes de irse a la cama. O sea, le dije que tengo un amigo que tiene un colega que tiene una novia que tiene un sobrino que conoce a un vecino de un tío de Brasil que es pariente, por parte de padre, de la madre de Ronaldiño. También le dije que, gracias a esta extraordinaria casualidad, después de mucha paciencia y los gastos de envío, el autógrafo de Ronaldiño había llegado un buen día a mis manos.

El caso es que, como decía, Jaime, a pesar de su destreza para colarse sin pagar en el autobús, es más incrédulo y más simple que un cubo y se tomó en serio mi mentira, tanto que al día siguiente, cuando empezó a remorderme la conciencia y quise confesarle la verdad, ya era demasiado tarde para deshacer todo el entuerto. El rumor de que en primero de la ESO había un chaval que tenía un autógrafo de Ronaldiño corría de boca en boca como un mote certero a un profesor de Matemáticas o la noticia de un nuevo romance de la profesora de Educación Física, y, francamente, era imposible detenerlo. Además, Jaime ya había empezado a amortizar su inversión. Ver el autógrafo, sin derecho a pasarle la yema de los dedos por sus enérgicos trazos, costaba un euro. A las chicas guapas, sin embargo, les hacía una rebaja de treinta céntimos. Conseguir una fotocopia compulsada del mismo autógrafo ya se iba a los tres euros.

Cuando me acerqué a Jaime para confesarle toda la verdad, me enseñó la cantidad claramente desorbitada de ciento diez euros. Así que yo solamente le dije: «Jo tío, no sabes cómo me arrepiento de haberme deshecho de ese autógrafo de Ronaldiño».

AVENIDA DE
LOS CEDROS, 38

Esa niña sentada en el primer asiento de la derecha y que me ha dicho hola al entrar en el autobús es Marta.

Como todos los bobos tienen suerte, Marta es hija única. Como Dios da dientes a quien tiene hambre, Marta odia ser hija única, y se pasa todos los recreos mirando al cielo en busca de cigüeñas para encargar un hermanito o hermanita. A Marta nadie le ha contado esa historia tan cursi de la semillita que papá siembra en mamá, y se cree todavía que a los niños los trae una cigüeña. Hay que ser bastante tonta para creer que una cigüeña puede con un bebé de cuatro o cinco kilos. Si Marta tuviera una hermana igual que ella, lo que tendría sería una hermana bastante boba que le robaría el cariño de papá, de mamá y de ese perro gruñón y feo que está siempre ladrando en el jardín.

Le he dicho a Marta que si tantas ganas tiene de tener un hermano o una hermana, que yo mismo le prestaría encantado el mío una temporada o incluso toda la vida, si es que es capaz de soportarlo.

De este modo, yo podría presumir de tener una habitación para mi solo, y una bicicleta y un balón de reglamento y dos pares de botas de fútbol. Si pienso que el estúpido de mi hermano es el hermano de Marta, la verdad es que me convierto inmediatamente en un ser tremendamente afortunado, bastante rico y sin ese punto de comparación que explotan todos los que me rodean. Sería fantástico no ser nunca más un poquito más feo que mi hermano, ni un poquito menos bueno y obediente, ni llegar a casa con peores notas que nadie.

Dice la boba de Marta que este asunto de regalarle para siempre a mi hermano no es tan fácil como parece, es más, dice que le ha dicho su madre que eso es prácticamente imposible. Esto nos sucede porque hay gente poco caritativa, que se niega a compartir su casa y su comida con sus semejantes, sin pararse a pensar que un semejante puede ser la persona más maravillosa del mundo.

De hecho, según todo el mundo, mi hermano es un encanto.

AVENIDA DE
LOS CEDROS, 43

El coleguita que hoy me acompaña en la última fila del autobús es Tete, que hoy precisamente no está especialmente locuaz, y mira con melancolía la lluvia tras los cristales, a pesar de haberse proclamado esta mañana campeón en el torneo anual de ajedrez.

Tete es un tipo incomprendido por la mayoría del alumnado, pero es uno de los chavales con los que mejor me entiendo y me comprendo desde que hace un par de años comenzásemos a compartir recreos, clases y autobús.

Les contaré algo de Tete. Tete es un chaval preparado para ganar en todos los campos de batalla, en todas las oposiciones académicas, en todos los terrenos de juego, en todas las disciplinas artísticas, en fin, en todas las facetas humanas, pero tiene un grave defecto: no soporta ver perder a sus contrincantes. Es superior a sus fuerzas.

Por eso Tete pasa por la vida como un perdedor, y aun sintiendo a sus espaldas la burla de todos los imbéciles, la lástima de todos sus preceptores o el apoyo de todos sus seres queridos, sigue ejercitándose en el arte de perder con mayor o menor dificultad. De este modo, todos los adversarios de Tete se crecen sobremanera y, gracias a él, pueden enfrentarse a la vida con la cabeza bien alta y esa sonrisa que solo da saberse el mejor de todos, el único campeón. Estos reyes de la fiesta, como es habitual, se acercan a Tete a darle la mano con palabritas finas y poco sinceras tras el resultado, y Tete les devuelve una enhorabuena mucho más sentida que, sin embargo, le reconforta interiormente.

Pero lo cierto es que, en ocasiones, Tete, aunque lo intente con todas sus mañas, se enfrenta a rivales tan flojos e incompetentes que acaba, muy a su pesar, llegando el primero a la meta. Para él, son días terribles en los que se acercan todos los aduladores a darle palmadas en la espalda, le crecen amigos como hongos y le colocan en la cabeza una corona de oro tan molesta y pesada como carísima. Desde el alto pedestal de los triunfadores, Tete mira por los rincones y ve a sus rivales llorando desconsoladamente, y se acerca a ellos para intentar regalarles el azúcar de su trofeo. Pero los perdedores se revuelven con desbocada dignidad y le lanzan salivazos de envidia y puntapiés que le llegan al alma, dejándole increíblemente desconsolado.

Esas noches Tete no consigue conciliar el sueño, única batalla en la que, muy a su pesar, siempre resulta perdedor. Son estas cosas, los puñeteros débitos de esta difícil y competitiva vida en la que nos ha tocado naufragar.

AVENIDA DE
LOS CEDROS, 25

No es fácil controlar el pulso para escribir con buena letra en el autobús, pero con los días he ido convirtiéndome en un auténtico experto en la materia. Ustedes mismos podrían comprobar cómo aquellos desafueros y garabatos caligráficos, que afeaban y hacían ilegibles las primeras páginas de este diario, han ido dando paso a esta preciosa y redondita letra con que escribo en el día de hoy.

El aspecto fundamental de la cuestión es conocer perfectamente la ruta por la que circula el autobús e ir adaptando la escritura a las maniobras y accidentes de conducción que el buen escribiente, inteligente y precavido, ya almacena inconscientemente en su memoria a través de pretéritas experiencias. Así, por ejemplo, las avenidas rectas y largas se prestan para escribir historias prolijas y extensas, mientras que las calles cortas y con curvas se prestan más para el relato corto e instantáneo. Mientras el ritmo de las primeras es pausado y se presta al ornato de la adjetivación y al barroquismo literario, la fugacidad de las segundas exige un ritmo mucho más directo y escueto. Es la misma diferencia que hay entre una melancólica balada y un frenético *rock and roll,* por decirlo de otra manera.

Las paradas en los semáforos, si bien resultan inoportunas para adquirir el hábito de la puntualidad, son muy provechosas para rematar puntuaciones y corregir faltas ortográficas. Las rotondas, si bien son impracticables para el ejercicio de la escritura, vienen a ser muy provechosas para hilar mentalmente recuerdos y retórica para que, a continuación, sea más eficaz el modo de plasmar, a posteriori, estos argumentos y pensares.

Con el tiempo, escribir entre los vaivenes del autobús, en definitiva, no es tan diferente de escribir sobre la mesa de nuestro cuarto. La única diferencia reseñable puede ser el número de molestos espectadores que acompañan a la primera escritura. Estos molestos espectadores de diarios ajenos, sin embargo, se evitan mirándoles directamente a los ojos, intentando poner cara de perro rabioso.

AVENIDA DE
LOS CEDROS, 3

Si anteayer era guapo, he de confesar que hoy tengo granos.

Estos granos que observo de frente en el retrovisor central del autobús, estos granos que observo de reojo en la ventanilla lateral de mi asiento, estos granos míos están poco a poco acabando con mi ilusión de vivir, estos granos rebeldes e inoportunos me retraen, me aniquilan, me acomplejan, me orillan, me convierten en un ser monstruoso, ese ser monstruoso que viste de lástima todas las miradas de las chicas guapas de mi clase y de chufla todas las miradas de los chicos gamberros del colegio. Ya lo sé, yo no soy yo. Solo soy el chico de los granos que escribe historias en el autobús.

Mis granos van por delante de mí cuando asomo por cualquier puerta, mis granos son mi maldita identidad de cutis seborreico y revolucionarios ataques hormonales.

Es natural que a veces no tenga ganas de ver a nadie y me encierre en el cuarto de baño para ajusticiar puntos negros y espinillas. Todo mi porvenir está en manos de esta marea dermatológica que ahoga todos mis sueños y mis relaciones sociales. Me extiendo cremas redentoras por cara, cuello y espalda, sabiendo que la batalla está perdida de antemano: mis granos crecen más que toda la sabiduría de los mejores expertos cutáneos del mundo.

De vez en cuando estallo algún grano, y nace una herida de pus y sangre que sé que dejará cicatrices en mi cara para siempre. A veces me tapo estas heridas con tiras de esparadrapo para salir del paso ante las visitas. Se trata de una solución provisional, pero ciertamente efectiva.

Mis granos son la cruel enfermedad que me ensombrece el espíritu y me convierte en un ser vengativo que nunca quise ser.

Por cierto, detrás de las ventanillas está nevando.

AVENIDA FEDERICO ANAYA, 79

El día que se coló una paloma blanca por la ventanilla trasera del autobús de la línea 3, comenzaba el invierno y la radio iba diciendo que acababa de estallar una bomba en un cuartel de San Sebastián.

La paloma blanca parecía aturdida, y se daba contra el techo y los laterales del autobús revoloteando con torpeza en busca de una salida redentora mientras todos los viajeros la mirábamos sin saber muy bien qué hacer para ayudarla.

La corresponsal de Radio Nacional en el País Vasco hablaba con voz entrecortada dejando caer sobre los asientos del autobús palabras inquietantes, racimos de palabras sueltas que encogían aquella mañana del mes de diciembre, palabras como «sangre», «atentado», «niños», «colegio», «humo», «lágrimas».

La paloma blanca que se había colado por una de las ventanillas traseras del autobús seguía revoloteando sin dirección mientras los viajeros intentaban no armar el rompecabezas de una frase terrible con aquellas palabras entrecortadas que iba disparando frenéticamente la radio: «sangre», «atentado», «niños», «colegio», «humo», «lágrimas». Ninguno de los viajeros se atrevía a hablar con su compañero de asiento. Todo era un silencio espeso, salvo el ruido del motor, el revuelo nervioso de las alas de la paloma blanca y la lluvia de palabras inquietantes de Radio Nacional: «sangre», «atentado», «niños», «colegio», «humo», «lágrimas».

Entonces, la paloma vino como una bola de nieve lanzada con fuerza desde la parte trasera del autobús y se estrelló impune e inevitablemente contra la luna delantera del autobús. La paloma cayó sin vida al suelo del autobús, mientras en la parte central del cristal delantero quedaba el disparo de esa mancha roja de sangre que no supimos evitar.

En la parada de Federico Anaya los viajeros bajaban del autobús, torpes y aturdidos como si su corazón fuera una paloma blanca que de pronto se cuela en un laberíntico autobús oscuro y sin ventanas. En sus cabezas seguían sonando esas palabras inquietantes de la periodista: «sangre», «atentado», «niños», «colegio», «humo», «lágrimas».

AVENIDA FEDERICO ANAYA, 55

Esa chica guapa de la que acabo de despedirme antes de entrar en el autobús es Mari Luz, una nena tremendamente laboriosa, a la que nadie iguala en toda la clase en un oficio ciertamente difícil y algo incomprendido: el arte de fabricar chuletas.

Mari Luz, que por otra parte es una chica tremendamente introvertida y silenciosa, ha desarrollado un especial instinto para los menesteres de la escritura minimalista, y eso la convierte en temporada alta de exámenes en la reina del mambo.

Esto es así porque Mari Luz goza de una capacidad sorprendente para sintetizar la materia objeto de examen, para elegir de entre toda la paja insustancial de los libros de texto el grano suficiente para poder superar la prueba con holgura y para intuir por dónde irán las preguntas del examen. Igualmente tiene la extraña facultad de, una vez apartado lo insustancial de lo importante, dejar esto último a disposición de la retina del alumno zángano, para que este eche un vistazo rápido a la chuleta y le sobrevenga, como una ciencia infusa o una cuestión mística del Espíritu Santo, la ilustración necesaria para superar satisfactoriamente el dichoso examen.

Mari Luz tiene una letra bien diminuta, como una cagadita de mosca, pero tan clara y diáfana como la misma letra de imprenta.

Aunque es cierto que Mari Luz trabaja más intensamente en estas labores en época de exámenes, casi desde comienzo de curso va adelantando tarea para no agobiarse cuando llega el momento crítico. Por eso nadie la molesta en las horas de recreo, ni nadie le pide que venga a jugar con nosotros a las canicas o al baloncesto. Hay una especie de acuerdo tácito entre todos los alumnos para dejarla trabajar con tranquilidad, y avisarla, si llegara el caso, de que se acercan moros a la costa. Su responsabilidad es nuestra prosperidad académica; su negocio, nuestra más supina ignorancia.

Cuando llega la hora de la evaluación, Mari Luz reparte octavillas clandestinas en nuestros pupitres con el precio del género. Dependiendo de la asignatura, los honorarios de Mari Luz son asequibles o están por las nubes. Por regla general, los precios guardan una relación directamente proporcional con respecto a la dificultad de la asignatura. Así la chuleta de Conocimiento del Medio normalmente es la más cara, e incluso en alguna evaluación se llegaría a pagar hasta tres euros por la lección convertida en chuleta. La chuleta, por el contrario, de Música, una asignatura convertida en una «maría», gracias a un profesor comprensivo y bondadoso, apenas está por los veinte céntimos el tema. En algunas evaluaciones, Mari Luz incluso se queja de que no le compensa realmente perder el tiempo haciendo chuletas de Música, pues apenas costea los gastos de tinta.

Los precios, por supuesto, también dependen del soporte elegido por el demandante de la chuleta. No cuesta lo mismo una sencilla chuleta copiada en dos centímetros de papel que un temario grabado con la punta del compás en un bolígrafo o en otro material menos convencional que requiera un especial cuidado por parte de la experta.

Por lo demás, hay que reconocer que Mari Luz nunca engaña con fotocopias, y aunque no suele firmar sus obras de arte, nunca olvida escribir al final de la chuleta que declina toda responsabilidad, en el supuesto caso de que el usuario de la chuleta sea sorprendido *in fraganti* por el profesor o sus ayudantes.

Lo más curioso de todo es que, siendo Mari Luz la reina de la chuleta, ella nunca ha sido descubierta en mitad de una prueba de examen con las manos en la masa. Y eso es porque Mari Luz nunca copia. Es una especie de ética curiosa que la dignifica delante de todos nosotros, de la Asociación de Padres, Madres y Alumnos e incluso del Claustro de Profesores.

AVENIDA FEDERICO ANAYA, 17

Hoy, por fin, todo se ha arreglado. Por eso puedo contarte, querido diario, que soy oficiosamente el delantero centro titular del Fray Luis de León. Vestiré la camiseta que representa al colegio por los distintos campos habilitados por la Real Federación de Fútbol, con orgullo y embargado en una incrédula felicidad. Tengo que reconocer, sin embargo, querido diario, que no me ha resultado nada fácil entrar en la alineación titular y que, en este empeño, he utilizado todas las armas legales o ilegales que he encontrado a mi alcance. Quiero decir, y no tiene sentido engañarte a ti que me conoces tan bien, que si ocupo ese puesto privilegiado en la delantera de mi equipo, no se debe exclusivamente a mi habilidad en el terreno de juego, a mi instintivo olfato de gol o a mi desconcertante remate de cabeza.

Es cierto, he tenido que dedicarme a tareas poco transparentes, es decir, tuve que especializarme en el juego sucio dentro y fuera de la cancha. Había tres delanteros en el equipo, que a los ojos del entrenador se merecían el puesto más que yo. Dos de ellos, Eloy y Julio, es cierto que jugaban mejor que yo. Eloy era rápido y golpeaba con las dos piernas. Julio tenía esa virtud de abrirse por las bandas arrastrando tras de sí a toda la defensa contraria y creando espacios para que subiera la línea de medios totalmente libres de marca y con el control del balón. El míster se inclinaba por Eloy para jugar en casa, y recurría a Julio cuando jugábamos fuera y había que salir al contragolpe.

Pues bien, con Eloy no tuve ningún tipo de problemas. Un día que yo me dedicaba a calentar en el banquillo, me acerqué al vestuario y escribí sobre la puerta de una ducha el siguiente mensaje: «Chocolate, maría o pastillas. Colócate antes de cada partido, con drogas blandas de máxima calidad. Pregunta por Eloy aquí mismo. Discreción».

Parece ser que el servicio de inspección o el gabinete de chivatos y pelotas funciona en nuestro colegio con eficacia y suma rapidez, porque en menos de una semana, el bueno de Eloy recibía en casa de sus padres una carta del director en la que se le comunicaba la singular noticia de su expulsión temporal para que se tomase unos días de seria reflexión sobre sus actividades extraescolares, y la amenaza de enmendarse o dar directamente parte a las autoridades judiciales.

Julio quedó convertido desde entonces en el indiscutible centro delantero del equipo. El equipo, con Julio en estado de inspiración, se había colocado en los primeros puestos de la clasificación, su capacidad goleadora era celebrada por toda la hinchada con tribales cantos épicos, confeccionados por un grupo de animadoras que nos seguían en nuestros desplazamientos.

Pero yo seguía en el banquillo, y algo tenía que hacer para ganarme el puesto. Así que, una mañana, en los entrenamientos, tras el lanzamiento de un córner en un partido en el que nos enfrentábamos informalmente los reservas a los titulares, me desentendí del balón y, en las inmediaciones del área, coloqué una tremenda plancha sobre la pierna izquierda de Julio. En principio, hubo dos o tres compañeros que me increparon con palabras malsonantes, pero una vez yo me acerqué a Julio humildemente, pidiéndole perdón y dándole unos cariñosos azotes en el culo, como hacen en televisión, el ambiente comenzó a distenderse. Al fin y al cabo, el fútbol es un juego viril que debe aceptar este tipo de entradas duras para que los espectadores sepan que no estamos ensayando una coreografía de *ballet* clásico. De cualquier forma, Julio se fue a la caseta de vestuarios con rotura de ligamentos, o sea, tiene una temporadita para ver el fútbol desde las gradas.

Todo parecía indicar que a partir de ese momento sería yo el que corriera con la responsabilidad de llevar el número 9 en la espalda, pero cuál fue mi sorpresa cuando el pasado domingo el míster creyó más oportuno para los intereses del club que la citada demarcación la ocupase Juan Antonio, un patoso defensa izquierda, reconvertido en delantero por nuestro entrenador, sin ninguna visión de juego, de movimientos torpes, exceso de peso, escaso de estatura y cuya única virtud futbolística residía en ser hermano de la esbelta novia del míster.

Me pasé el partido en el banquillo mordiéndome las uñas, humillado y con la rabia de contemplar cómo cualquier balón que pasaban a Juan Antonio resultaba ser una pelota perdida que acababa propiciando una jugada certera del adversario.

De nuevo me vi en la obligación de utilizar mis malas artes para redactar una fantástica historia de amor en la que el míster jugaba, dentro de un triángulo amoroso, el papel menos grato de todos y resultaba coronado con dos cuernecitos en la frente, por obra y gracia de su novia, hermana mayor de nuestro actual delantero centro, Juan Antonio. La carta fue enviada a nuestro entrenador efectivamente, como en mis más realistas previsiones. Juan Antonio no solo fue relegado al banquillo en este último partido, sino que ni siquiera fue convocado.

Hoy he disfrutado de mi primer partido como titular del equipo del colegio Fray Luis de León. Hemos perdido 4 a 0, pero, de mi actuación, puedo sentirme satisfecho. He creado dos ocasiones de gol que no han entrado por verdadera mala fortuna, he sudado la camiseta bajando oportunamente a echar una mano en defensa o a recoger pelotas en el centro del campo y me he peleado bravamente con la defensa contraria, sin dar ni siquiera un balón por perdido. Fui sustituido en el minuto treinta de la segunda parte porque me falta un poco de ritmo, pero eso ya es solo cuestión de tiempo.

MARÍA AUXILIADORA, 7

Ya sé que soy el hazmerreír de todos los viajeros del autobús, pero no fue precisamente idea mía acercarme al colegio vestido de cerdo.

Ha sido una idea tonta e inoportuna de la profesora de Expresión Corporal para ese no menos ridículo acto prenavideño con el que despedimos el año en el teatro del colegio. Si el curso pasado me tocó llegar transformado en linda mariposa, con unas patéticas alas de gasa, fabricadas con medias de mujer, este año hemos rizado el rizo y vengo directamente de puerco; un acto que atenta no solo contra mi voluntad sino incluso contra mi exquisita sensibilidad y pulcra personalidad. En fin, no quiero ni pensar de qué me tocará disfrazarme el próximo año, pero de seguir en esta humillante cadena de reencarnación, ya me veo trocado en un vulgar escarabajo pelotero, en una vil cucaracha o en una asquerosa babosa a no demasiado largo plazo.

Lo cierto es que este año vengo a ser un buen guarro de jamón ibérico, y aquí me tienen intentando infructuosamente mantener la dignidad, mientras escribo estas notas ante las burlas, muy comprensibles, del personal viajero y conductor.

He de reconocer que mi madre ha hecho un excelente trabajo. Al parecer, no quería que nadie tuviera que decirle que su hijo había ido al *cole* menos cochino que nadie. En resumidas cuentas, me ha pintado los mofletes de rosa encendido, me ha colocado un par de orejones peludos y caídos hacia delante y una narizota chata con dos orificios descomunales al frente. Sí, hay que decir que se ha aplicado bien en la tarea de convertirme en un auténtico animal de bellota, en uno de los ejemplares más conseguidos del perfecto animal de pocilga.

Mi padre, para no ser menos, también ha querido poner su granito de arena en esta empresa porcina, y se ha presentado con el cable de un viejo aparato telefónico. Ha dicho que eso haría las veces de un rabo perfectamente real y creíble. La verdad, lo he visto tan ilusionado que no he querido contradecirlo, y me he dejado colocar el apéndice en salva sea la parte. Luego, ambos se han retirado a mirarme desde todos lo ángulos, muy orgullosos de su obra. Parecían dos costureras reales, observando el traje de novia de una hermosa infanta.

Es duro tener que reconocerlo, pero siento que mis padres nunca me habían prestado tanta atención como hoy, cuando se afanaban en vestirme de puerco.

Es cierto, tal vez no tengamos en nuestra clase el mejor equipo de fútbol de la ciudad, pero es indiscutible que contamos con el más diligente recogepelotas que pueda existir, y no es otro que el servicial y sufrido Pedrito. Les contaré su última hazaña.

Nuestro defensa libre, esa bestia del patadón salvaje e indiscriminado que atiende por el nombre de Sergio, se había convertido, en la segunda mitad del partidillo, en los entrenamientos de los jueves, en otro atacante más. Su último disparo había pegado fuerte en el larguero, y este había repelido el esférico con tan mala fortuna que superó la tapia que se alza detrás de la portería norte, justo la que delimita nuestro campo de fútbol con el patio de la casa de don Ramiro.

Como ocurre siempre con estas cosas, el balón no iría a buscarlo el propietario de la contundente bota de fútbol que puso en órbita aquel misil, sino que le tocó otra vez a Pedrito, el gafoso empollón de clase, que aunque nos acompleja dentro del aula con sus virtudes académicas, naufraga ampliamente fuera de ella, quedando siempre apartado de nuestro equipo de fútbol, a pesar de su interés por sentirse útil en la línea delantera.

Pedrito saldría empujado hacia la tapia de don Ramiro con nuestras miradas amenazadoras, y alcanzaría la parte superior de muro con la colaboración inestimable del mismo Sergio, que ajustaría de nuevo su empeine al trasero de Pedrito, en un intento franco de ayudar con las mejores armas que conoce.

Pedrito llegó al patio de don Ramiro y, después de frotarse la zona dañada durante diez segundos, se atareó en la búsqueda del balón. El patio de don Ramiro, sin embargo, parecía desierto ante sus ojos. Una ventana abierta en la mansión le sugirió la posibilidad de un allanamiento de morada, en que debía haber incurrido aquella inoportuna pelota de fútbol, y, ante esa posibilidad, él también decidió colarse por la ventana. Pedrito entró en la habitación intentando descifrar la trayectoria del balón, que no había sido precisamente quedar derrotado debajo de la cama de don Ramiro. Así que Pedrito salió por la puerta del dormitorio y unas empinadas escaleras le invitaron a descender a la planta baja de la casa. Fue quizás en el tercer escalón cuando Pedrito tropezó, a pesar de la precaución con que descendía, y se precipitó hacia abajo en forma de aro de *hula hop*.

Sordo como una tapia, don Ramiro seguía contándole a su apático canario el cuento original de Andersen «La niña de los fósforos» en el salón de su casa, y no pareció advertir aquella tromba escandalosa que bajaba por la escalera. Pedrito, imparable por la inercia adquirida a lo largo de treinta largos peldaños, siguió rodando por todo el pasillo y salió por la puerta que daba a la calle.

Un chichón coronaba su cabeza, pero no parecía que estuviera afectado el cerebro de nuestro recogepelotas, pues, con toda lógica, dedujo que el fugitivo balón de fútbol habría descrito la misma trayectoria que su cuerpo. La avenida de Portugal a aquella altura era una pendiente en forma de tobogán, y el balón debía estar alejándose a toda velocidad. Había que darse prisa, y el chaval se hizo cargo de las circunstancias iniciando una febril carrera en busca del esférico fugitivo.

—¿Por favor ha visto pasar por aquí un balón de fútbol?

La castañera recordaba vagamente el paso de la pelota, y apuntó en dirección al río sin decir una palabra.

Localizar aquel balón ya era una cuestión de orgullo, y Pedrito no dudó en quitarse los zapatos, el pantalón y la camisa y arrojarse al río. El agua estaba fría, pero no importaba porque a lo lejos le pareció ver la pelota que flotaba en las aguas contaminadas de aquel afluente del Duero. Pedrito nadaba hasta el límite de sus fuerzas, que a estas alturas habían disminuido de forma directamente proporcional a la distancia que iba adquiriendo aquel dichoso balón. No cesaba, sin embargo, en su empeño de nadar al mismo tiempo que iba adquiriendo una seria conciencia ecologista, debido al contacto con aquellas aguas infectadas y apestadas con todo tipo de desperdicios.

Dos o quizá tres horas llevaba nadando Pedrito cuando desembocó en un ensanchamiento del cauce fluvial, que resultó ser un embalse. Después de varios kilómetros nadando de forma heroica, sus ojos se iluminaron al descubrir un balón cercano al precipicio del embalse.

Veinte metros y su objetivo estaría cumplido. Diecinueve. Dieciocho. Iba al límite de su resistencia física, pero intuía que el balón pronto sería suyo, y el equipo de fútbol se congratularía de tener el mejor recogepelotas de la liga de alevines.

Diez. Nueve. Ocho. El día estaba ya oscureciendo, pero mañana podría regresar al colegio con la cabeza bien alta.

Tres. Dos. Lamentablemente, las pequeñas olas que provocaba su avance empujaron el balón, que se precipitó al vacío por encima del muro de contención un segundo antes de que Pedrito lo alcanzara.

Tiritando de frío y con noche cerrada, el chaval consumió sus últimas energías en regresar a la orilla, donde poco a poco se quedó dormido.

Los ladridos de un pastor alemán lo despertaron a las siete de la mañana del día siguiente. Pedrito se acercó al embalse, se lavó la cara y decidió continuar en la batalla. Desde la parte alta del embalse pronto descubrió el balón, que estaba en una frondosa encina, y hacia ella se encaminó; pequeños arbustos y matorrales le arañaban la piel, pero parecía no sentirlo, tal vez por la alegría ante el hallazgo.

Allí estaba él, por fin, bajo la encina que albergaba su balón, junto a unos huevos, dentro de un nido de águila imperial. Pedrito escalaba la encina, utilizando las técnicas aprendidas para trepar por la tapia que rodea el patio de la escuela. Acostumbrado a las superficies lisas, subir por aquel tronco retorcido no pasaba de ser un ejercicio gimnástico para parvulitos.

Ya estaba llegando al nido, cuando el celoso águila imperial divisó desde su nube a aquel ladrón de huevos. Pedrito, adelantándose al ataque del águila, se abalanzó sobre el balón en un esfuerzo sobrehumano, bloqueando el esférico entre sus brazos. El águila se lanzó hacia el muchacho como una flecha y con el pico agarró a Pedrito por el calzoncillo. Pedrito fue paseado por los aires de la ciudad y sus alrededores, pero, pasara lo que pasara, estaba dispuesto a no separarse nunca de aquella pelota.

A las once en punto de la mañana, cuando el águila sobrevolaba el campo de fútbol del colegio, Pedrito le mordió en una de las patas y, del dolor que sintió, el águila soltó toda su tripulación sobre el campo de fútbol. Algo aturdido, pero entero, Pedrito nos cayó del cielo como un auténtico héroe de tebeo norteamericano. El partido iba a comenzar. Pedrito colocó el balón en el círculo central.

Acto seguido, se dirigió al banquillo, donde nuestro entrenador le dio dos palmaditas en la cabeza. Entonces el árbitro sopló el silbato, y el partido pudo comenzar.

PLAZA DEL MERCADO

Acabo de hacer las paces con un enemigo y ya empiezo a arrepentirme.

Poco a poco me he vuelto comprensivo, sensiblero, cariñoso, blando y, como consecuencia, me estoy quedando sin enemigos que merezcan realmente la pena. Por más que lo pienso, me parece tristísimo, además de tedioso, insípido e incluso antinatural. Ya puedo contar a mis enemigos con los dedos de una sola mano y eso, que según la gente de bien es fantástico, a mí, en realidad, me produce verdadero terror. Una persona sin enemigos no es nadie. Es un pobre muchacho, un cero a la izquierda. Un idiota vigilando nuestros pasos y tramando maldades contra nosotros nos hace más fuertes y voluntariosos, al tiempo que alerta nuestros necesarios pero aletargados instintos defensivos.

No sé cómo se me ocurrió, pero el caso es que el imbécil de mi enemigo en lugar de cambiarse de carril en ese momento embarazoso de cruzarnos por los pasillos del colegio, se me acercó para abrazarme, al tiempo que me pedía perdón por todo el daño que pudiera haberme hecho en el pasado.

Es una rata asquerosa, un gusano que se cree listo porque se come los mocos, pero me cogió con la guardia baja y no solo le devolví el abrazo sino que le perdoné por todos esos puñales que me había ido clavando en la espalda estos meses pasados. Ahora tal vez tenga la conciencia mucho más tranquila, pero el caso es que me siento francamente mal, con mi viejo y entrañable enemigo sonriéndome a todas horas y haciéndome la pelota sin motivo aparente.

Sí, en efecto, acabo de hacer las paces con un enemigo y estoy bastante arrepentido.

AVENIDA DE LOS REYES DE ESPAÑA, 4

Ese chaval que acaba de robar la cartera al prepotente ejecutivo del asiento delantero es Javier, pero todos le llaman El Chaleco.

El Chaleco es un buen chaval, pero le pierde esa costumbre fea que tiene de afanar al descuido la propiedad ajena. Aquí, en el autobús de la línea 3, es donde más le gusta ejercitarse en las artes del hurto, aprovechando las circunstancias propicias de los trayectos con más densa demografía y las horas punta en que los banqueros, administrativos y oficinistas que trabajan en la avenida de los Reyes de España acuden presurosos y agobiados a ocupar sus puestos.

El Chaleco lo hace fácilmente y sin levantar ni una liviana sospecha. Se acomoda discretamente detrás de sus víctimas, y en la primera curva o en el segundo semáforo ya está guardando en el bolsillo de su chaleco el reloj de oro, la esclava de plata, la surtida billetera o cualquier otro objeto que considere poco devaluado en el mercado negro. Huérfano de padre y madre, El Chaleco se ha criado desde los tres años en compañía de las monjas del Sagrado Corazón de Jesús, que, a pesar de sus esfuerzos por regenerar la tara delictiva del birle sistemático que adorna al Chaleco, jamás han conseguido meterlo en cintura. Bastante suerte ha tenido la congregación conservando todas las reliquias y todo el patrimonio sacro de su comunidad, albergando bajo su techo a este chorizo impenitente esquirol del suburbio.

A veces, sin embargo, la lectura repetida de las Sagradas Escrituras ha conseguido ablandar el corazón de El Chaleco, y frecuentemente ha sido sorprendido entregando con mucha alegría y derroche a los pobres y mendigos, repartidos por las aceras de la ciudad, auténticos tesoros, como gemelos de oro macizo, pulseras de exóticos y preciosos diamantes, pelucos de muchos quilates, billetes de todos los colores. También es ya tradicional la cena navideña que organiza El Chaleco a mediados de diciembre en el Gran Hotel, una cena pantagruélica en la que dilapida más del cincuenta por ciento de la pasta recaudada a lo largo del año en los bolsillos de los poderosos.

Naturalmente, a esa cena solo asiste esa buena gente que siempre está mal vista en el resto de las reuniones sociales. Por cierto, al final de la fiesta, El Chaleco suele subirse a una mesa y cantar unos fandanguillos, un palo flamenco de los más difíciles que existen, pero que él ejecuta con extraordinaria brillantez y maestría.

En fin, larga vida tenga El Chaleco.

JOAQUÍN RODRIGO, S/N

Esta mañana hemos sabido que la profesora de gimnasia ya tiene novio.

Es un novio misterioso y enigmático que mantiene en secreto, pero que, según hemos averiguado, la quiere y la adora. La noticia se la debemos a las pesquisas de López Zamora, un alumno de naturaleza zángana y perezosa en sus deberes académicos, y, sin embargo, tiene un don especialísimo para convertir el puro desconocimiento en una noticia verídica que podría encabezar los titulares de cualquier revista del corazón. Efectivamente, López descubrió el pasado sábado a nuestra profesora de gimnasia dándose un beso de película con un fulano en un portal de la calle Maestro Serrano. Atando cabos e hilando bien fino, hoy, durante el recreo, hemos deducido que la señorita profesora de gimnasia ya tiene novio.

La verdad es que últimamente llegaba a clase con una luz distinta en los ojos, una belleza inquietante y salvaje en todo su cuerpo y una sonrisa un poco idiota que delataba su felicidad amorosa. En definitiva, la profesora de gimnasia cambió aquel insoportable humor, que nos hacía víctimas de sus caprichosos ejercicios en torno al potro de saltar y las anillas de gimnasia, por una actitud más relajada que hace mucho más llevadero el castigo de correr, saltar, caer y flexionar. A esta actitud también habría que añadirle que con mucha frecuencia se distrae durante la clase, al tiempo que exhibe una sonrisa que a veces parece pícara y, a veces, más bien tonta. Suponemos que en esos éxtasis de distracción estará paseando con su novio por una alameda primaveral al borde del río. El caso es que nosotros aprovechamos la circunstancia para echar un partidillo de fútbol.

En la media hora de recreo hemos estado pensando que nos encantaría conocer, cualquier mañana, al novio de nuestra profesora de gimnasia. Por eso hemos convencido a Juan Díez, con diferencia el alumno más aplicado, enchufado y pelota de la clase, para que, siendo nuestro portavoz, haga partícipe a nuestra profesora de nuestro deseo de que nos presente formalmente a su novio. Sería conveniente que el novio de nuestra profesora de gimnasia viniera una mañana a clase, y que, conociéndolo en persona, nosotros saquemos nuestras propias conclusiones sobre él. Como buenos alumnos que somos, debemos preocuparnos de que nuestra maestra esté acompañada por una buena persona, educada, hacendosa y simpática y no de cualquier golfo sin oficio ni beneficio.

Está bien claro que el enamoramiento de nuestra profesora de gimnasia la convierte en un pobre ser indefenso y ciego que no sabe dilucidar entre el bien y el mal.

Maestro Serrano, 49

No todos los días uno tiene ganas de escribir en este diario del autobús de la línea 3, como no todos los día uno tiene ganas de bromas, *tele* o chocolate.

Hoy, por ejemplo, no tengo ganas de escribir. Por eso cierro mi cuaderno y miro la ciudad a través de la ventanilla.

Por ahí fuera camina la gente con prisa y paraguas. A saber dónde va cada uno, qué sueños les empujan, cuántos problemas les caben en la cabeza y quién les acechará en una esquina para hacerles un siete en el corazón.

Si hoy estoy un poco triste es porque, aunque salgo cada tarde de casa en busca de aventuras, jamás me he encontrado con una de ellas, las muy cucas y esquivas.

En este sentido, tengo la sospecha de que me engañan las series televisivas, las películas americanas, los compañeros de clase más fantasiosos e incluso los libros de carácter juvenil en los que los protagonistas siempre están viviendo increíbles y flipantes aventuras, una detrás de otra. Efectivamente, la vida al parecer es otra cosa más prosaica y aburrida.

A pesar de todo, no pierdo la esperanza de que cualquier tarde llegue una aventura a mi vida, y ese día se convierta en un día inolvidable, digno de recordar cuando llegue el tiempo de la pereza senil y los sueños sedentarios. También tengo la sensación de que las aventuras no vienen solas y que hay que provocarlas un poco. Por eso, cada tarde, después de regresar del colegio y merendar pan con chocolate y un plátano, en lugar de encender la pantalla y enredarme hasta las tantas con algún videojuego, me marcho a la calle en busca de aventuras. A mi modo de ver, las buenas aventuras suceden por ahí fuera y no sentado delante de un ordenador, jugando al Monopoly o mirando la televisión.

Habitualmente entro en el ascensor, me miro en el espejo de reojo y me preparo para vivir la aventura más emocionante que se pueda soñar. Ya en la calle, subo por Federico Anaya, tomo la calle María Auxiliadora, llego a la Plaza de España, cruzo el parque de la Alamedilla, me siento en un banco, observo cómo navegan los patos del estanque, espero un cuarto de hora a ver si acontece algo mágico, vuelvo a mirar a los patos del estanque y, finalmente, regreso a casa por el mismo camino que tomé para venir. Por las aceras me cruzo con gente que tiene prisa y caras tristes, miro acaso el escaparate de alguna pastelería como quien se extasía ante uno de los más maravillosos paisajes que conozca, me fijo en las chicas guapas que el día de mañana podrían perfectamente convertirse en mis novias o reprendo a algún guardia de tráfico por su forma desafortunada de dirigirlo. Pero nunca me ocurre nada que, en mi opinión, sea una auténtica y verdadera aventura.

Hace unos días, incluso, tras varios meses de espera infructuosa de aventuras, decidí cambiar la ruta. Pero aunque el paseo se me hizo más novedoso y, por lo tanto, menos aburrido, las aventuras se siguen resistiendo a hacerme partícipe de sus épicos aconteceres. También he pensado que quizás la ausencia de aventuras esté relacionada con el tiempo que dedico a su búsqueda. La hora diaria de paseo, por tanto, decidí recientemente alargarla un poco. Ha llegado ya el momento en que la búsqueda de aventuras la prolongo hasta la hora de la cena, es decir, nada menos que ciento ochenta minutos de recorrer las calles, invariablemente abierto a sucesos imprevistos de carácter asombroso. Pero ni siquiera he tenido la suerte de tropezar con una pequeña aventura que relatar a mis amigos más pacientes.

Así que he decidido que esta tarde echaré el resto en la búsqueda de aventuras, en cuanto llegue del colegio. Saldré de casa, por tanto, con la idea de no regresar hasta no tropezar definitivamente con alguna aventura. He decidido tomar el margen derecho de la carretera hacia Madrid y no dejar de caminar si fuera necesario hasta el fin del mundo, hasta dar con ella. Obviamente, supongo que ustedes me desean mucha suerte.

Índice

Escribieron y dibujaron...

Escribieron y dibujaron...

Juan Mari Montes

Nació en Cabeza del Caballo (Salamanca). Aunque es licenciado en Derecho, se ha ganado la vida escribiendo canciones para Cómplices, Ana Belén, Sergio Dalma, Malú, Loquillo y Trogloditas, y Amistades Peligrosas, entre otros. También ha editado varios discos como cantautor y un par de libros de poemas. Como autor de literatura infantil y juvenil, ha publicado tres libros; uno de ellos, en Anaya: Querido David Beckham. *¿Cómo surgió escribir para niños?*

—Fue un poco por casualidad. Yo escribía canciones y, en un momento determinado, me encargaron unas letras infantiles. Hace algunos años, esas canciones llegaron a oídos de un editor de literatura infantil y juvenil que me sugirió que sería interesante trasladar el espíritu de esas letras a la prosa, y de ahí surgió mi primer libro de cuentos para niños, *El coleccionista de mentiras,* que apareció hace diez años.

—¿*Qué autores leía siendo niño? ¿Le han influido a la hora de escribir?*

—No creo que me hayan influido demasiado. La verdad es que yo pasé de los tebeos de *El Capitán Trueno* a la literatura para adultos sin apenas asomarme a la literatura infantil. Ahora estoy leyendo, a destiempo, a los grandes autores de literatura infantil y juvenil. Y he descubierto, junto a la rabia de haberme perdido maravillosas obras maestras, que es un buen método para mantener un espíritu joven y combatir algunos estragos que acarrea la madurez al ser humano.

—*El diario es un género poco extendido en la literatura infantil y juvenil. ¿Hay alguna intención concreta?*

—Sin embargo, ha sido desde siempre la forma literaria más íntima, incluso habitual, de cualquier chico o chica que comienza a escribir por primera vez de una forma voluntaria fuera de sus tareas académicas. Entonces me pareció la forma más natural y adecuada para que el protagonista pudiera expresarse. Por eso elegí este formato.

Irene
Fra

—*¿Cuándo comenzó a ilustrar?*

—Ya antes de la universidad hice algún trabajo pequeño, pero ilustrar libros en serio fue durante el segundo curso de carrera, mientras estudiaba. El dibujo siempre estuvo ahí, desde pequeña, y luego la referencia y el aprendizaje de los clásicos.

—*Las características de esta serie de Sopa de Libros obligan a ilustrar en un espacio muy pequeño y con un formato concreto. ¿Le supone una limitación?*

—No, este formato te obliga a pensar más, a imaginar la «escena» dibujada como una cortinilla de cine, o al menos eso me ha ocurrido con la forma de la «L». Te adaptas como a cualquier otro trabajo; es más curioso, e incluso divertido, dibujar en estas tiritas de papel. Me ha recordado al *story-board* que se desarrolla ante una historia o un cómic de medidas reducidas y muy limitado.

—¿*En qué elementos del libro se ha apoyado para realizar las ilustraciones?*

—Son historias cortas sobre la vida cotidiana de los protagonistas, que o bien transcurren en el autobús o bien es en ese espacio donde lo recuerda el narrador, por eso he dibujado a los personajes en el autobús o fuera de él. Me he fijado, unas veces, en sus descripciones, lo cual es más sencillo para enfocar el trabajo, y otras, en sus hábitos, lo que implica una mezcla de situaciones vividas o imaginadas. Al tratarse de un diario, la ilustración refleja lo dramático, lo sarcástico, la crítica, lo cotidiano, lo fantástico, el realismo desde la perspectiva de esa edad.